启真馆 出品

目　录

L a k e G e n e v a

日内瓦湖

蔡 天 新

ZHEJIANG UNIVERSITY PRESS
浙江大学出版社

人们无视诗人的存在

因为他们是生活的弱者

在现今这个时代

人们又很怀念诗人

也因为他们是生活的弱者

在过去的那个年代

——《诗人》

绵羊为何要走过高高的山岗

树木为何要相敬如宾

天空为何要低垂下头颅

我们小小的心灵为何需要闪电

——《因果》

第一辑 树木与狗

2016，库斯科。

奈 舍

她的宁静、恬淡

空气中的甘露

与草地上的苹果

令人心怡。她的美丽

一如永恒的安详

生活原本也应如此

无需明艳照人

鲜花和掌声

像郊外的鸣笛

且行且远

05-08，奈舍，瑞典

树木与狗

它们将跟随你

无论去远方还是邻舍

或遮阳或护膝

把影子投向大地

可是你得学会

识辨年轮和种族

学会像露水和尘土一样

俯向阔叶和卷毛

比起庞大的飞行器来

它们的友谊更为可靠

甚至当红色的月亮升起

也不会消失不见

05-08，奈舍，瑞典

戈耶·佩特森 [①]

他留着一头齐耳短发

他的语调、姿态和神情

宛如行将退潮时的大海

或密林深处的一缕炊烟

年轻的伯格曼曾在这里遇见

提着竹篮采摘草莓的姑娘

心儿宛如溪边的蜂王

不断寻觅那隐秘的甜润

05-08，奈舍，瑞典

[①]　戈耶·佩特森，瑞典诗人，奈舍诗歌节主席。

赫尔辛基

有轨电车拐弯时发出尖叫
预示着冬天已经迫近这座城市
路口的铁杆摇响清脆的铃声
催动行人快速地通过路口

正午的阳光无力地悬挂在港口
期待维京的客船从塔林归来
妇女们在斯托克曼电梯里上下 ①
裘皮大衣紧箍着透明的丝袜

无论是马路还是屋内的墙壁
都像是被铁板重重捶打过
清洁工人用清扫机拾取
秋日最后的落叶和浪漫

---

① Stockmann，芬兰最大的百货商场。

木质的桑拿浴室里蒸汽弥漫
我隐约听见隔壁的爱情谣曲
金发女郎比南国的阳光美艳
正如湖水比蓝色的大海诱人

05-10，赫尔辛基

波罗的海

1. 水下的一夜

犹如暗礁一般
我潜伏在水下
在一个从未抵达过的
冷凝的港口

教堂的塔楼尖尖的
与塔身等高
是否意味着
一次思想的外泄？

建筑物是永恒的
而我在水下
仅仅度过一夜
迷惑于那甜蜜的压力

2. 秋天的雨滴

秋天的雨滴犹如对联
在窗玻璃上垂直书写下来
谁能透过那层淡淡的忧伤
看见远方森林里的篝火？

在那堆婆娑的身影里
可有让我牵挂的黑美人？
她的赤足踩着栗色树叶
发出的声响胜过十只铜锣

3. 金黄的十月

依然是望不到尽头的海面
那蓝色的水域在天际消失
疑似德意志共和国的堤岸

昨日塔林老城金黄的落叶
把雨后黑色的橡树林装扮
也把心灵深处的门扉装扮

我无法知道自个的生命里

究竟有多少个金黄的十月
可以像此刻那样呼来唤去

4. 罗塞拉号客轮

在墨绿色的大海上
白色的海鸥缓慢地飞翔
寒冷加重了空气的阻力

人们坐在临窗的咖啡座上
昨夜的噪音尚未从耳根消除
老虎机里扑克牌逐一翻身

在这片辽阔的水域四周
生活着信仰各异的种族
他们在历史上曾相互残杀

清脆的雨滴又一次敲打
犹如路德教堂里的钟声
在星期五蒸汽浴者的脊背上

5. 内心的天空

在我的内心深处有一小片天空
那儿有时清澈透明，望不到尽头
有时乌云密布，可用指尖触及

此刻你在我肋骨的山脊上滑行
那松动的岩石预先发出了警告
一场罕见的暴风雪在所难免

之后你来到我骨盆的山腰上
那儿有一座古老颓败的庙宇
你可以在里面少坐，汲取温暖

一个血红的黎明即将来临

05-10，塔林－赫尔辛基

偏　离

当火车穿过狭窄的厄勒海峡

驶往伦德，暂时偏离了海岸线

三名复旦女生依次进入车厢

她们用汉语和我打着招呼

这是一个秋高气爽的日子

野鸭在晨雾中飞向爱尔兰海

几头奶牛在原野里悠闲地踱步

另外几头停留在黄色和绿色之间

一直以来我向往拥有一种缰绳

可以把风驰电掣的火车套住

我们穿越如此众多的山峦和峡湾

依然无法融入高纬度的景色

04-10，哥本哈根－奥斯陆

国王和王后

走过如此漫长的道路以后
我终于到达世界的尽头
在街上我遇见了苗条的国王
还有那戴小红帽的王后
他们在敞蓬汽车里向我挥手

皇家卫队的士兵一脸稚气
帽沿四周飘出一撮长毛
宛如一朵蜿蜒飘动的云彩
在黑森林的上空悠然浮现
而一面镜子已竖立在皇宫前

04-10，奥斯陆

挪威的森林

这些不知名的树木似曾相识
它们遍布每一个峡湾
而峡湾又遍布挪威的国土

在这片国土之上遍布乌云
它们孕育了无穷无尽的雨水
这些雨水给森林涂上颜色

不同种类和年轮的树木
对同一颜色的理解不尽相同
就像对上帝的理解因人而异

倘若易卜生死而复活
依旧会注重个人生活的欢乐
依旧希翼出现童话般的公主

04-10，奥斯陆

夜　游

如果能把睡眠分成两半

便可以把时间有效利用

如果能在子夜时分醒来

便可以闻到树木的芳香

年轻人在街头寻欢撒野

音乐把酒吧的屋顶震得摇晃

在酒醉之时再来一瓶伏特加

唇边留有北极虾的余味

我沿着有轨电车的线路向南

一直走到峡湾尽头的港口

夜晚的帷幕早已一团漆黑

隐约看见海盗在里面卸货

04-10，奥斯陆－哥德堡

朗　诵

铜锤敲响并不意味着丰收季节的来临

那穿短袖衬衫的钢琴师挥舞着双臂

在听众的感官全部打开之后

女主持用一种委婉的语调说话

可我们住在彩虹桥的另一头

把洗净的衣服晾在银河树的枝桠上

或许我们对地球已无话可说

各自驾着布兰登堡门顶上的马车离去

04-09，柏林

汉堡车站 [1]

那些长长的月台被分隔成许多空间
不同色彩的墙壁和音响混杂其中
一个房间里受害人侧身躺卧餐桌下方
另一个房间里眩目的灯光让人茫然

木地板的通道在拐弯处突然变得窄小
参观者的耳边传来几声女子的尖叫
一个推婴儿车的母亲站在一尊塑像前
他的生殖器和肚肠全部裸露在外

一艘没有形体的船只停泊在大厅中央
桅杆高高地耸立在机器的部件上方
让我想起早年那些勇敢的精神探险家
他们是这些追求利润的收藏家的先驱

---

[1]　Hanburg Bahnhof，柏林一家现代艺术馆，利用废弃火
车站改装而成。

前方出现一辆缓慢移动的三轮手推车

上面坐着一位西装笔挺的银发绅士

文学节的秘书雅娜小姐轻声告诉我

那是戈尔·维达尔，一个不屈不挠的斗士

04-09，柏林

乌尔姆

蓝色的多瑙河流经此地
还有两条不知名的溪流
水边耸立着一座宏伟的教堂
与小城的人口并不相称

巴登和巴伐利亚在此接壤
年轻的士兵笛卡尔曾随军驻扎
天花板顶上一只爬行的苍蝇
启迪他发明了平面坐标系

一个多世纪后，神迹再度发生
一个叫阿尔伯特的犹太男孩
降生于此，仿佛一条彩虹
横跨了河岸和浩淼的天际

10-09，莱比锡－慕尼黑

高斯药铺

正对着老火车站

歌德大街坐北朝南

有一家歌德药铺

沿此街笔直向东

经过了王子大街

再穿越老城的中轴线

便到了剧院大街

那里有一家高斯药铺

一个蛇形的徽记

红色映衬着墨绿

数学王子与文学巨匠

成了商场上的竞争对手

12-09，哥廷根

希尔伯特故居

两扇明亮的窗玻璃

向南朝着韦伯大街

书架紧挨着三堵白墙

莱哈娜在朗诵《列子》

先生汤姆逊侧耳倾听

将其逐句译成英文

十九世纪的最后时光

他在此屋内冥思苦想

为数学的海洋指引航向

在这条街的西侧住着

他的故友闵可夫斯基

四维空间引导了相对论

还有他的得意弟子库朗

在花花世界的纽约

也缔造出一个理性王国

幽静的花园荒草丛生

红苹果结满低矮的枝头

砸落地面时铮铮有声

宛如他的临终教诲

——我们将要知道

　　我们必将知道

　　　　　　　　　　　　12-09，哥廷根

科隆大教堂

穿越了无数隧道以后
我再次驶近莱茵河
波恩藏匿在一座山谷里

我徒步攀上大教堂顶端
五百零九级螺旋形的石阶
洒遍了游人的汗水

全身漆黑，遍体伤痕
仿佛一个锡克族的门卫
被一条疯狂的野狗撕咬过

而大教堂的双尖塔
高度相差七十公分
恰似一对相宜的情侣

12-09，科隆－乌特勒支

河　巷

小河环绕着旧城形成一个
"曰"字而非"日"字
水平面远在地平线之下

一排排幽暗的房屋并列
坐落着艺术家的工作室
没有胡同将它们联接

各家临河的门窗洞开
游人在高处漫步或骑行
用目光将它们串成一线

12-09，乌特勒支

艾　河

她的长度十分有限
甚至没有长过一座城市
同样短促的是它的名字
i 和 j，两个字母

就像 o 和 b 组成了
西伯利亚的鄂毕河
前者是荷兰语的特征字母
犹如一对形影不离的伴侣

后者是科米语里的姑妈
她的家族在乌拉尔山西侧
属于俄罗斯的黄种人
同样是母性的元音在先

12-09，阿姆斯特丹

梵高的农夫

他的锄头已经收起
手推车歇息在屋角
媳妇在牛棚里挤奶

他吃着大个的马铃薯
没有剥皮，用刀切割
然后把叉子置于其中

如同我现在这样
吃着一块小香脆饼
把喜力啤酒倒入杯中

脆饼被牙齿咬破
像梵高的一只耳朵
碎裂成了许多小片

而乌鸦已飞离麦田
它的口里含着麦穗
金光闪闪的麦穗

12-09，阿姆斯特丹 - 乌特勒支

惠更斯屋

一幢三面环水的楼房
一只大白鹅在湖上嬉戏

一群游客走在我前面
导游小姐秀色可餐

"他厌倦了海牙的生活
来此僻静之地定居"

"可朋友们仍纷至沓来
他故意把房子造得小巧"

"他以宇宙的眼光
洞见了大地的细微之处"

"在土星光环的诱引下
钟摆偏离了中轴线"

她说的是大臣父亲
我说的是科学家儿子

12-09，海牙

伊拉斯谟

他的双手捧着一本大书

眼睛和帽子高高在上

只有上天和神灵才能读懂

人们在广场上喝酒唱歌

打击乐的声音传向远方

我忆起从前在剑河之滨

女王学院的绿色庭院里

草坪修剪得整整齐齐

古老的日晷在高高的墙壁上

记录着他的来访时刻

而在南边的马施河上

有一座以他名字命名的大桥

两位骑车的青年男子

停歇下来在桥上弹拨吉他

桥下一艘巨轮正驶向东方

12-09，鹿特丹

德·库宁

一艘豪华游艇停泊在
马斯河的南码头
它即将驶往美利坚

八十多年前的一个夏日
鹿特丹的淘气男孩
溜进了一艘货轮船舱

他在黑暗中渡过大西洋
当他再次看见阳光
已经到了哈德逊河口

他后来用构图和色彩
征服了纽约和新大陆
借此攀上了艺术的巅峰

但他没有衣锦还乡
而是把旧世界留给了
儿时的伙伴和敌人

12-09，鹿特丹

立方屋

其实，它们并不方正
也不适宜于人类居住
但它们属于荷兰的天空
俯瞰着鹿特丹的集市广场

每一处尖尖的底端
都是六条棱柱的交汇点
腰肢与腰肢相互依靠
像一列前卫的舞蹈演员

又仿佛一排巨型的风筝
被一根隐秘的线牵引
持续不断地往高空攀升
直到我们看不见为止

12-09，鹿特丹 – 乌特勒支

阿默斯福特

这座小城有许多溪流
身材苗条的书店女职员
为笛卡尔生下唯一的女儿
取名艾米丽，一个法国名字

他曾亲口答应将来
送她回自己的祖国上学
可她却在五岁那年
因为可怕的猩红热死去

之后他们搬到了海边
上荷兰省的一座小镇
在那度过了漫长的时光
直到瑞典女王派来军舰

她最后做了旅店老板娘
结婚那天他送了份厚礼

一千荷兰盾的大红包
他没有再回到荷兰

很久以后，这座小城
诞生了一位艺术家
也是在一条小溪边
他的名字叫蒙德里安

12-09，阿默斯福特

西伯利亚

有的民族喜欢到海外冒险
船只不停地开向远方
然后登上一座座陌生的岛屿

俄罗斯人却只在平原上奔走
像一群无法长大的孩子
摆脱不了大地母亲的控制

那一片片冰冻的土壤和海水
在连接处变得模糊不清
甚至企鹅也无法养息生存

火车以最慢的速度行进
在一望无垠的平原上
铁轨好似带上棉套的双耳

而今我又一次俯瞰这片土地
无论成吉思汗是否曾经占有
无数支河流和农庄已经沉睡

12-09，杭州－阿姆斯特丹

乌拉尔山

从西伯利亚的西部
向着荷兰王国的西部

又一次飞过了乌拉尔山
那条地理和心灵的分界线

它貌似一条白色的蚯蚓
蜷曲着爬向北冰洋

午前意味着凝重的空气
午后意味着清凉的诗歌

12-09，杭州 - 阿姆斯特丹

从莫斯科到圣彼得堡

看得见的是森林
看不见的也是森林

夜晚的尽头是白昼
白昼的尽头也是白昼

太阳出现又消失了
月亮消失又出现了

火车一路未曾停歇
多少熟悉的面孔浮现

16-07，俄罗斯

诗歌来源于担忧

当一场暴风雪即将来临

　　而没有来临

当一件事故即将发生

　　而没有发生

当你心仪的人即将离去

　　而没有离去

当一次旅行即将结束

　　而终于结束

16-07，圣彼得堡

第二辑　罗马古道

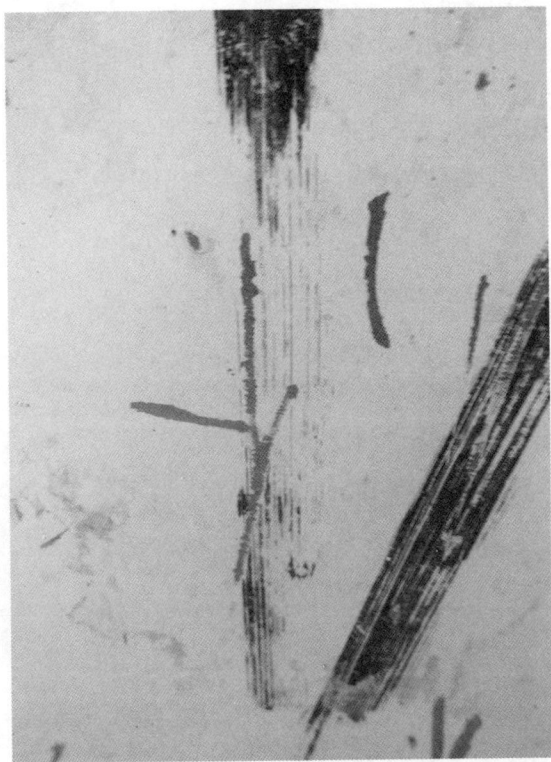

2016，拉巴斯。

船

阿尔赫西那斯是我的梦想。

四音节的城市，一小片海洋。

柏柏尔人，与我同一天生。

一个大陆在前方忽隐忽现。

急促的声调，流动的话语。

沙丁鱼在水中，远离了沙漠。

树从哪里长出，它升得那么高。

我来到这里，穿过无穷无尽的夜晚。

95-07，巴塞罗那

驶离加泰隆尼亚

驶离加泰隆尼亚
一颗蓝色的海星
明亮闪耀的地方

湿润的地中海风
把热那亚水手带走
已经五个多世纪

一位少女披阅
西尔维娅·普拉斯
她的头颅斜倚着

我就这样离去吗?
像伟大的安东尼·高迪
不留下一个文字?

95-07，巴塞罗那－马赛

罗马三章

1. 特莱维泉

旅行让我们把时间忘却

那会儿可能是周末的黄昏

一对那波利青年在泉边相遇

他们利用嘴唇交流思想

但不发出任何的声响

一支巧克力雪糕扁平的木片

充当着道具，维护了少女的尊严

她的两位女伴的大腿分列左右

谈天说地，旁若无人

2. 罗马废墟

从巴那蒂诺山上俯瞰废墟

两匹高大的马拉车缓缓走过

海潮是如何从眼前消失的

就像这个无比灼热的下午

没有风可以吹得动我

也没有人来拍打我的肩膀

只有远处大圆场的草地上

一辆摩托车扬起的飞尘

你爱过的不过如此

3. 斗兽场

四名骑士邀请游客合影

塑料的盔甲涂抹成金黄

无论走到哪里，我都能看见他们

像月光，变换着不同的角度

有时候我觉得自己行走在

群山与辽阔的大海之间

遇到的仅是几只快乐的海鸥

它们大声地向我问候

白色的羽毛胜过温馨的话语

99-07，罗马

威尼斯

1

昨夜，圣马可教堂的钟声

穿越大运河上方的迷雾

抵达青年旅舍的窗前

广场上那些可爱的鸽子散尽

年轻的游子辛劳了一天

进入各自甜蜜的梦乡

伴随着亚德里亚海的暖风

送来一阵巴尔干半岛的硝烟

2

我在行将结束的青年时代

来到这座玻璃一样的城市

回报马可·波罗的热情

我在他故居的桥头徘徊

那里游人罕见，花卉凋零
一艘黑色的贡多拉飘然而至
女客发出了放浪的笑声
艄公得意地介绍沿途的风光
对眼前这座旧宅只字未提

3

依水而建的埠头和广场
少女迷离若失的眼神
维纳斯的遗韵依稀尚存
我满怀喜悦之心，观赏
水边的春光和秋景
耳边回荡着拖长的元音
精明能干的餐馆老板
雇佣一支乐队提升价位
香槟和葡萄美酒饮之不尽
可是大海有一天会枯竭
留下又一座庞贝古城

4

浮华的天空，湛蓝的海水

一个避世民族坚强的后裔

波拿巴将军曾经来此寻欢

为了留下风流的美名

他放弃了杀戮和占领

太阳的荆刺编成一个花环

套在圣马可教堂塔楼的颈项上

而双鱼座的主星早已经隐没

落在费拉拉码头的水边

等待你说声"巧",也就是再见!

99-07,威尼斯-佛罗伦萨

天使之城

我站在阿克罗波利斯山上

背靠着巴特农神庙，眺望雅典城

天使是白色的，塞菲里斯声称

他最爱的是辛格鲁林荫道

假如柏拉图还活着，今晚他是否会

路过此地，坐在光溜溜的石头上

并非阿卡德米废墟里的那块

他遣散诗人却挽留下几何学家

是谁创造了科林斯的圆柱

与那些谜一样的希腊字母

山下的波拉卡灯火渐明

像一副硕大无比的棋盘

成千上万的游客围拢在餐桌前

分享着鲜花、美酒和佳肴

来自摩尔多瓦的偷渡女混杂其中

她点燃一支烛焰，牙齿发出咯咯的笑声

99—07，雅典

事　件

我正在爱琴海上航行，传来了
小肯尼迪空中失事的消息
电视画面的信号突然中断
他驾机飞往玛萨葡萄园岛途中

杰奎琳也曾在爱琴海上航行
和约翰的继父奥纳修斯船王
她没有死在达拉斯的总统座椅上
也没有在洛杉矶街头遇难

海神波塞冬保佑着她和她的女儿
却不肯救助肯尼迪家族的男性
希腊人对此也漠不关心
美国佬的死关他们什么事？

当我终于沉沉睡去，梦见一条蛇
爬行在纽约中央公园的树荫里
在游客和警察的眼皮子底下
贪婪地吞吃那只美丽的断臂

　　　　　　99-07，船过米洛斯岛

夜　航

1

她端坐不动
双臂怀抱
谜一样诱人的
等腰四边形

2

当她抬起头
那棕色发架下
两颗鲜嫩的葡萄
迅速被我吞吃

3

美腿舒展

仿佛停滞的钟摆

海浪在增高

睡意在减少

4

嫣然一笑

露出了两行牙齿

犹如开裂的石榴

悬浮在空气中

99-07，爱琴海

减　速

生命像一个性急的车夫

不停地从后面驱赶着马儿

而青春——他那不忠实的妻子

正躺在情人的怀里哭泣

99-07，船抵克里特

哈尼亚湾

当早晨的阳光自如地挥洒下来
海浪轻轻地拍击岸边的游艇
长春花开放在客店的阳台上
旅行者从睡梦中纷纷醒来

侍者刮光了两腮的胡须
其中一个来自伊拉克利翁
另一个来自北方的卡特利尼
那儿是海伦的故乡有迷人的沙滩

在两次难得的航行中间
我甚至没有时间去追忆爱情
或者在不同的嘴唇中作出识辨
许多个夏天已经远离而去

那股推动帆船前进的凉风
也把许多张面孔推到我面前

奥德修斯船长出航未归

那座白色的灯塔可是为他修筑？

普罗米修斯播下的火种

依然照耀着我敞开的心扉

被南方一座光秃的山峰阻隔

终于没有到达汉尼拨的腓尼基

99–07，克里特

苏莱曼

——给欧阳江河和赵野

在苏莱曼旅店的屋顶平台上
我们仨背对着马尔马拉海
预演了一出秋天的戏剧

阴霾的天空是执行导演
四周的布景不断变幻着
从蓝色清真寺到索菲亚大教堂

往昔奥斯曼帝国的辉煌
连同醇香的土耳其咖啡一起
呈现在白色洁净的桌布上

我们是拥有独立思想的个体
充分享受异国邂逅的乐趣
拜占庭的幽密陪伴在四周

04-08，伊斯坦布尔

伊斯坦布尔

她侧卧在黑海和地中海之间
任凭夏季炎热的太阳炙烤
像一个日光浴的领受者
被东方好奇的旅行者偷窥

直到风起，草莓冰激凌融化
博斯普鲁斯海峡波涛连天
奋力击打轮渡浑圆的尾部
人们依然用眼睛寻找着什么

山丘掩映在高楼的丛林中
不多不少，刚好是七座
玫瑰的秘密和地图的秘密
全都编织进了彩色的地毯里

04-09，伊斯坦布尔

的里雅斯特

梦想是由什么构成的？
它也许只是一种生活方式
一堆反复抄写的文字或字符

这是一座老年人的城市
小丑在广场的水池边表演
试图取悦儿童和奔走的鸽子

一个红头发姑娘吃着冰淇淋
旁边那位迷惘的男孩读着荣格
他的衬衣纽扣已全部解开

而帆船因为涨潮被桥梁阻拦
直到教堂的钟声再度敲响
海滨那列飞驰的火车仍未到来

04-09，卢布尔雅那

秋天的黎明

没有这些高大挺拔的白杨
耸立在红砖的房舍之间
就没有秋天的黎明

没有那双明亮忧郁的眸子
悬挂在低垂的眼帘下方
也没有秋天的黎明

一条浅灰色的道路
沿着卡斯蒂利亚丘陵延伸
等待黎明的脚印踩踏

当她越过黑海和地中海
把第一缕光芒投射到窗前
一只白头翁迎面飞向了东方

05-08，马德里

之　间

在群山与城市之间
有一个美丽的湖泊
两支公路将它们连结

三只灰色的小松鼠
在岩石的缝隙里爬行
看见我们就逃走了

白光在天边晃动
预示着一场暴风雨
诞生于沉睡的午后

在心灵与心灵之间
有一只无形的瓷杯
和永远盛不满的水

05—08，马德里

蓝天下的树木

蓝天下的树木

或挺拔或弯曲

都美丽无比

无论枝繁叶茂

还是凋零颓败

都美丽无比

它们是亲人的手指

任凭我们触摸

偎依在阳光下

05-08，马德里

水　池

那水池，多么惹人喜爱
一个人影在里面浮游
矮墙上开出一丛小红花

它们个个低垂着脑袋
将迷蒙的双眼闭拢
白色的花蕊被蝴蝶踩疼

夕阳的光辉投射下来
水池一侧的梧桐树下
斜躺着两三个青年

而水波里的那个身姿
也连同最后一抹余晖
悄然沉落到了池底

05-08，马德里

毒　汁

斟满那只透明的杯子

饮完它，不要害怕

那么多的谎言溢出

顺着杯沿向下流淌

甚至连最善意的敌人

都听从魔鬼的召唤

你只能说出秘密的一半

为了保守另一半秘密

他歌唱时嗓音颤抖

但从不虚情假意

用一撮胡须了结生命

痛苦比空气还轻

05-09，马德里

温暖的记忆

树木清除污浊的空气
为我们撑起夏天的凉意
即便突然枯萎死去
也会留下温暖的记忆

躯干或许有些笨拙
枝桠或许有些粗糙
但比起人类的手指来
它们的品格尤显高尚

它们不会相互勾结
不会为人类特殊服务
更不会悄悄戴上乳胶手套
把另一个生命掏空

05-09，马德里

乌鸦的鸣叫

一声声急促的鸣叫
在窗外挺拔的白杨上
可我却看不见树梢

也许它是在屋顶之上
虽然它飞得很高
总得有个落脚的地方

当它翱翔在天空
它所发出的尖叫声
缓慢地到达地面

而此刻它的声音急促
想必是因为窥见了
人类的恶梦之乡

05-09，马德里

弗拉门戈舞

舞者的每一次急速踩踏

都表达出一种特殊的情感

再配合以指尖和嘴角的运动

让五脏六腑显露无遗

歌唱的男子猛击手掌

汗水流遍了整个胸襟

而年轻的吉他演奏者

在幕间休息时仍忙碌不停

那些远道而来的游客们

把热情倾注在这一小时里

关注着舞台上的一举一动

了却了多年以前的愿望

05-09，塞维利亚

Cabo de Roca [①]

这是一个美丽的日子
海鸥在和煦的阳光里
自由地滑翔，忽高忽低
海浪轻轻击打着礁石

在那根古老的石柱上
刻着卡蒙斯的诗篇：
"这里是大地的终点，
海洋的开始……"

从依附在悬崖的沙土中
生长出一种无名植物
向外的紫色向内的绿色

它比我们的手掌坚硬
为了抵御大西洋的狂风
毅然舍弃了所有的叶片

05-09，里斯本

———————

① Cabo da Roca(葡萄牙语)，罗卡角，欧洲大陆的最
西点。

法鲁的落日

夕阳西下
犹如一顶金色的皇冠
沉入阿基米德的浴缸
我想象着它的
另一部分

此刻正浸淫在海水里
越来越接近于
一个精美绝伦的圆
或许它已被海水染成了
一片墨绿色

而在它的上方
红色渐渐黯淡下来
像夜行路上经过的一座城镇
或只是一个小村落
包裹着我们整个的童年

05-09，法鲁，葡萄牙

直布罗陀

就像一个乖巧的幽灵
我再次渡过这狭窄的水域
正当一簇秋天的阳光
穿越丹吉尔的百叶窗

从伦敦飞来的旅行者
络绎不绝地抵达海港
这块古老的英语飞地
被西班牙语和大海包围

在一座古老的广场四周
生长着合欢树和灌木丛
教堂的钟声响彻了数下
而对岸休达的时针凝滞不动

05-09，直布罗陀

Costa del Sol [①]

每一座可以看见海的山头
都修筑了五彩缤纷的房屋

每一粒金黄柔软的沙粒
都踩上了深浅不一的足印

那在水中交谈的脚趾和鱼
梦见了诚实而悲伤的驴

载着马格里布乡间的农妇
在一面渐渐远去的铜镜里

05-09，马拉加－格拉纳达

---

① Costa del Sol（西班牙语），阳光海岸，位于安达卢西亚马拉加省。

科尔多瓦汽车总站

1

在科尔多瓦汽车总站
一个姑娘插在我前面问讯
相邻队列的另一个姑娘
趁机买走了最后一张车票

她们让我多停留了一个时辰
我闻到一股柠檬的香味
隐约记得她鼻梁的侧影
腹部上有个浅浅的伤痕

我说的是那个问讯的姑娘
至于另外一个早就出发
我在街对面啜饮一杯咖啡
耳边仍回荡着她甜润的嗓音

2

十几辆巴士围成一个圆

廊柱上刻着阿拉伯数字

等待去往不同城市的旅客

在一条直径的延长线上

竖立着一面硕大的玻璃镜

照见一阵秋雨从天空落下

我们经历的每一瞬间都会逝去

像车票上剪下的那个小洞

无论多么辉煌或是凄凉落寞

稍后我们要跨过那支古老的河流

她曾经伴随一个王朝的兴衰

也目送过哥伦布船队的帆影

05-09，科尔多瓦

托莱多的秋天

1. 故都

当汽车驶近塔霍河
古老的城墙在山巅显现
错落有致的黄砖建筑
散落在鹅卵石小巷的两侧

我想起早年的乡村生活
浓浓的晨雾尚未散尽
妇女们蹲在井边搓衣
露出股沟传播小道消息

2. 画家

由于这座山城的出现
使得我走过的那些平原小镇
相形见拙，无论风光多么秀美

厄尔·格列柯辞别克里特乡亲

尔后又把他的威尼斯女人

遗留在亚德里亚海滨小岛上

我想象着当年他掂着脚丫

在爱琴海上独步行走的情景

像他雕塑中的基督那样灵巧

当他把整座城市呈现在画布上

你无法想象它像丝巾一样

如何从我的记忆里飘出

3. 孩子

那些小巷里的孩子

年纪足够幼小

喜欢用手指来表达喜好

大人们不许他们

自个儿去广场上玩耍

他们就在卵石铺成的

斜坡上做着游戏

他们不认识格列柯

也不知道他曾经

从这条小巷里走过

可他们说话的声音

比黄昏的百灵鸟还动听

透过百叶窗传进房间

正当一架喷气飞机

从屋顶的蓝天上掠过

4. 落叶

秋风乍起，树叶开始飞舞

就像细长的发丝从头顶脱落

小小的叶片也从树梢开始

因为一阵风，或鸟儿的飞临

有的直接坠落，也有一些

在树枝或其他叶片上停歇

再下坠，等待另一阵风吹过

如同一个生命的无奈离去

也许是离地面较高的缘故

那最后的一道曲线最为飘逸

只是经过几次挽留以后

人们再也不会为之叹息了

5. 鸟儿

每天鸟儿的演出时间

只有短短半个时辰

在日落之后

华灯初上之前

鸟儿们的嗓音密集得

令人难以置信

只有蜜蜂的巢穴

和海浪可以媲美

而当夜幕降临

越来越多的人聚集在广场

发出更为嘈杂的声响

无人知晓鸟儿的去向

05-09、10，托莱多

Sol [①]

又一次，你隐而不见
我们未曾相遇
在十字路口或树梢上

到酒吧或迪厅去的人们
从我窗外的斑马线
穿过，腰上扎着绒线衣

他们有的乘坐末班地铁
为了在凌晨时分
仍有余力展示舞技

其实，我也想不出什么话语
即使说了声音也微弱
好在你隐而不见

05-10，马德里

———————————

① Sol（西班牙语），阳光，马德里市中心街区名，是夜
生活的集散地。

西西里

那些古老的教堂
有罗马时期的
也有拜占庭时期的
形态各不相同

还有迦太基人的遗迹
他们与希腊人一样
在宗教被发明以前
便到达这片土地

与陆地尚有一段距离
但比外星人的世界
或罗宾逊的岛屿
却更为亲近

游客们喜欢在广场上
啜饮那波利红酒

用刀子和叉子

切割贝利尼皮萨饼

侍者悄悄地把小费

算计在帐单里

正当黑手党把信函邮给

一户殷富的皮革商人

05-10，巴勒莫－卡塔尼亚

马耳他的早晨

1

一艘巴拿马籍货轮
被两只小艇牵引
缓缓地驶出格莱德港

太阳从云层里钻了出来
令古老的城堡生辉
教堂的钟声响了九下

余音缭绕，沿着
那五光十色的波澜
迟疑地传播开来

2

柠檬汁和橙汁

两种不同的色彩

形成鲜明的口味

对比

潮湿的海风和

灿烂的阳光

也在早餐的托盘上

相遇

正如一个打击乐手

和一支铜管乐队

从昨夜的街道上

走过

05—10，瓦莱塔

罗马古道

从前我曾走过这条路
风景依然历历在目
隧道、小溪、葡萄园

铁道线照旧弯来曲去
同样是上上下下的乘客
只不过会说英语的人多了

亚平宁的雨斜落在玻璃上
时光犹如暮色中的炊烟
飘走了又被风吹回来

但那只是偶然的相聚
假如你遇见旧时的恋人
最好把她当成一次回忆

05-10，罗马－佛罗伦萨

因　果

铁道线因河流而弯曲

河流因大海的召唤而弯曲

月亮因太阳的光而弯曲

彩虹因大地的妩媚而弯曲

绵羊为何要走过高高的山岗

树木为何要相敬如宾

天空为何要低垂下头颅

我们小小的心灵为何需要闪电

05-10，佛罗伦萨－博洛尼亚

第三辑　日内瓦湖

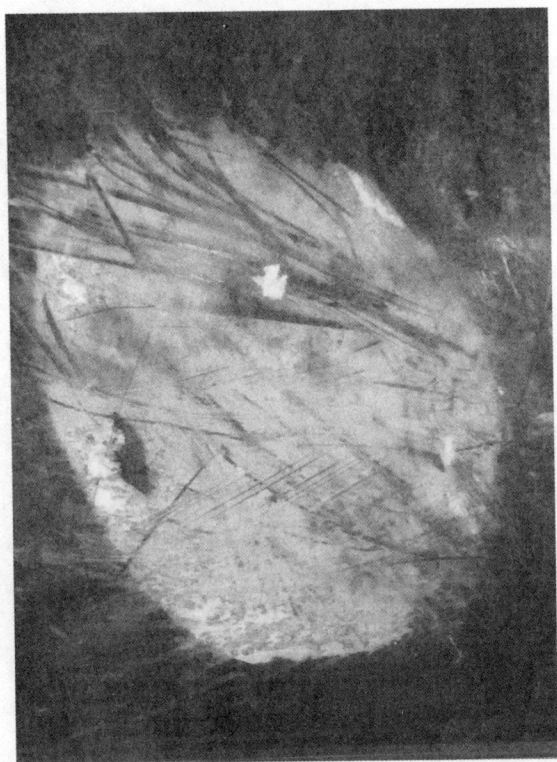

2016，休斯顿。

日内瓦湖（组诗）

1. 诗人的心

一片些微的亮光突然
在乌云密布的天空出现
给湖水添加了一丝蓝色

诗人的心也理应如此
拨开忧愁的迷雾之后
在黑暗中打开一扇窗子

2. 日内瓦湖

对岸法国人占据的土地
并非向阳的一面
而是朝向湖水的北坡

房屋在树木之下

正如蓝天在积雪之上

最后它们相会在湖中

3. 袭击

当一只小黄蜂

盯上我的龙井茶

像一架螺旋桨飞机

瞅准了预备攻击

晨光攀上了树梢

它穿过收拢的大阳伞

来到我的圆桌前

惊飞了小黄蜂

一次恐怖袭击

意外地得以幸免

4. 叶子

一片叶子，一座房屋

它们悬浮在大地上

有着同样的观赏价值

叶子可能被风吹起

飘落到另一块土地上

成为另一片叶子

房屋也可能被摧毁

拆散，尔后重新构建

成为另一座房屋

我们的心灵也是如此

只不过旧痕比新愁

更难以消除、抹去

5. 雪崩

他们厌倦了房屋和街道

厌倦了绿树和湖水

进入到一片耀眼的白色

他们想要在这里头安置

一个真正属于自己的家

那里没有沙发、汽车和书籍

他们骑着黑蓝的雪橇

选择一个晴好无风的日子

溜进了这一片白色

6. 葡萄酒

白是我们的心灵

是统领我们的白昼

是大地上的村庄

是田野里的钟声

红是我们的心跳

是激励我们的夜晚

是星星和花朵

是爱情和死亡

7. 差异

河流诞生于

崇山峻岭之中

而平整的土地

容易滋养湖泊

我们的思想也被

偶然因素制约

有的深邃

有的开阔

8. 远和近

湖水离开我太远了

无论激荡还是恬静

都无法看清它的波纹

正如体内的那支河流

因为离开我太近了

难以分辨它的方向和源头

9. 时间之书

如同整数有单数和双数之分

手掌也有正面和反面之别

时间也被切割成白昼和黑夜

可是，当我翻动书页

最末一行和最初一行

并未有显著的差异

这正是黄昏的秘密所在
还有早晨，时间之书的智慧
尽在其中，奥妙无穷

10. 小舟

在辽阔的平原上
蓝天就像是一片大海

如果是在山谷里
它会变成一个海湾

攀上山峰
海湾越来越开阔

我们成了
随波逐流的小舟

11. 洛桑

因为这蓝色的湖水
这座城市变得宽阔
像一只展翅飞翔的鹰

从日内瓦城到

沃韦 – 蒙特勒

一个滨湖的里维埃拉

她依旧谦逊

不因为那五个光环

只为了对岸

那高耸的群峰

12. 爱因斯坦

他的卷发

如阿勒河的水流

缠绕着伯尔尼

他的胡须

如教堂花园桥

通行有轨电车

他的背影

如一头削瘦的棕熊

踯躅在克兰姆街

他的眼睛

如大钟楼的时针

可以穿越千年

13. 熊的符号学

婴孩被父亲抱起

放在熊的脊背上

母亲摁下了快门

姑娘们依偎在

熊的前腿外侧

相互拍照留念

小伙儿把手指

伸进熊的嘴巴

用一个夸张的姿态

熊成为象征以后

它的野性随之消失

犹如我们景仰的先辈

14. 玛德莱恩

玛德莱恩糕点整齐地
摆放在竹子制成的
空心篮子里头

普鲁斯特先生
坐在拉芬尼的花园里
再次陷入了沉思

当滑雪爱好者
从阿尔卑斯山腰
顺着北坡溜下

他那罕见的响鼻
汇入了乡村教堂
钟声的记忆里

15. 生活

生活像衣裳
时刻庇护着我们
又需要不断更新

我们的身体

需要温暖和整洁

需要领结、纽扣和腰带

当我们裸赤着

躺在泳池或床笫边

听见远方在呼唤

在快速通过的隧道里

一盏盏灯火闪烁着

我们不会因为孤独而无望

16. 钟声

教堂的钟声

有时响一下

两下、三下……

有时经久不息地

敲打，仿佛一面

爬满青藤的墙壁

它是否因了命名的欣喜

拟或为消除失去的痛楚

我不得而知

我喜欢听这钟声

它从空气中散播开来

荡漾在我的心田

17. 阿拉伯茶

它的浓度和颜色

足以带回一些旧梦

也让我忆起几副

分别已久的面孔

姐妹俩说着悄悄话

留海把额头遮掩

可我仍然能够识辩

从鼻梁和下巴的连线

随着黄昏时分的来临

她们的呼吸变得轻柔

犹如一支小小的溪流

汇入到蓝色的湖泊

直到一声婴孩的啼哭

让梦惊醒和被发现

像一件不明飞行物

被徒步旅行者撞见

18. 致利亚

我将在午时离开苏黎世

而你仍然在阿尔卑斯脚下

等待一列过路的火车

你对父亲和家人的思念

我在电话机旁听见了

那会儿蒂姆和伊夫正熟睡

早餐时的苹果颇有意味

还有草莓酸奶和麦片

胜过雪山、帐篷或营地

我将借助你母亲的眼睛识辨

如果下一次有缘相见

那时你已经长大成人

19. 梦的占有

在你的梦里
我骑上一辆单车
在落满树叶的小径上

在十字路口我遇见
一头散步的小鹿
你骑上了它

小鹿突然奔跑起来
在我的梦中
你撞上了红色的栅栏

我跳下车来
和你一起躺在草丛中
小径倏忽不见

20. 写在里尔克墓前

单薄的躯体倚着教堂的墙壁
与牧师的方桌和床第持平
悬浮在百余米高的山顶上

大块头的科尔总理曾来拜褐

留下一个潦草的签名作为纪念

被太阳的光芒逐渐晒干变瘦

你的侧翼躺着五位年轻的信徒

他们的身份和种族各不相同

我的记忆只留给其中的一位

不知道她是否美貌如你的女友

也不知道她是否喜爱你的诗歌

——她在你死去的那年出生

21. 阳光与诗

沐浴在阳光中

与看到周围的景致

沐浴在阳光中

有着同样的温暖

就像写作一首诗

与阅读一部已经

印制好的诗集

有着同样的快乐

22. 大人物

那些大人物已经不起

海浪的诱惑

柔软的沙滩犹似

女人的心房

他们宁愿在湖边住下来

湖底有沉淀物

缓慢地形成

坚硬的金属

对岸绵延的阿尔卑斯山

并不能阻挡寒风

但却挽留下成群

肥大的白天鹅

那山颠的积雪终年不化

连同诱人的税率

和隐秘的帐户

最终打动了他们的心

23. 早餐

香蕉被切割成片
扔在草莓酸奶中
再添上麦片、牛奶
葡萄干和葵花籽

正如一节节油条
浸泡在豆腐脑里
拌上葱、麻油
还有必不可少的酱汁

一个美味可口
一个清爽宜人

24. 两层楼房

在我看来
两层楼房
是这个星球上
最美的建筑

如果说花朵

是草坪的界限

那么草坪就是

百叶窗的影子

亮光每每

从一个点开始

正如乌云

总是大片压境

两层楼房

在我看来

犹似二元一次方程

完美无缺

25. 失却

并不是每一回报时

我们都能听见钟声

有时它的声响只飘向

森林和田野，飘向

马匹或邻人的耳朵

但你可以通过想象

看见它在空气里散播

如同那些袅袅的炊烟

26. 卡内蒂

他童年的一次迁徙途中
必须要经过伦敦和巴黎
还有瑞士秀丽的湖山
洛桑挽留了他和他的母亲

他以前只见过河流和海峡
从没看见过一个湖泊
如此安宁、宽广，歌声嘹亮
风儿把帆船吹送到远方

可是，母亲迫切需要他
学会并使用生硬的德语
她恋爱时使用的语言
为此他只得再次动身离去

27. 路易丝·斯诺

从洛桑开来的火车正点抵达
下一站是我的目的地——尼翁

一刻钟把我带回到三十七年前

欢呼声响彻诺大的天安门广场

在城楼上，你站在伟大领袖身边

如今你年近九旬，身材萎缩

却驾驶一辆红色的新款欧佩尔

把我接到郊外的一座小木屋

一路上我想着旗帜飘扬的海洋

还有那颗照耀中国的五角星

华彩的日子已成为遥远的记忆

你的勇敢和正直让你变得孤独

客厅里的照片、字画或书籍

均不及那双把握方向盘的手美丽

28.云彩

她能改变大地的

色泽和芳香

无论森林、田野

还是辽阔的湖山

像一位出色的厨师

能够适时变幻出
餐桌上的美味佳肴
赋予人们内心的喜悦.

29. 葡萄园

色泽不如茶园深沉
叶子也不怎么繁茂
但却长得高挑、整齐

人们可以从任何两排之间
穿行而过，用剪刀
裁下那些多余的叶片

每一排葡萄树的两端
都栽着一株娇艳的玫瑰
她们能预知灾害和死亡

30. 墓地

比起宅第和公园来
它更需要鲜花的装扮
犹如一个新嫁娘

没有栅栏或篱笆

就像是一家子人

围坐在庭园的草坪上

只要是风和日丽的日子

总会有鼓手敲击蓝天

总会有迎亲的队伍来

31. 日内瓦湖

那浅蓝之中的一片深蓝

仿佛岛屿侧卧在大海中

纹丝不动，惟有阳光

才能调节它们的比例和大小

高高在上的阿尔卑斯山

赋予它清凉刺骨的源泉

惟有我潦草的诗行和字句

悠游其中，吸纳四周的景色

32. 远方

总是被远方吸引

总是被移动的风景吸引

只有当鸟儿回旋在稻田之上

才注意到那一片金黄

只有当风儿吹过

摇响门前的那棵桃树

才看见她已然丰姿绰约

只有当阳光猛烈地照射到脸上

才发现葡萄园的绿色浓于青草

远方的色泽暗淡下来

但它仍然十分迷人

07-07，瑞士

第四辑　多瑙河畔

2016，普诺。

老　人

每天我都看见那些老人的面孔
他们满脸笑意和新奇，在阳光下
像放牧在山坡上肥硕的奶牛
为了一顿千年不变的美味佳肴

当他们发现一切快要烟飞灰灭
已经为时已晚，他们再也无力
发动一场战争，无力改变世界
那怕年轻时一场荒唐的恋爱

02-05，萨拉热窝

男 子

那男子行走在前方
一只脚刚好离地
肥大的裤腿随风摆动
在一条湿润的街道中央

一只白色的塑料袋
紧套在他的手腕上
像他身体的大陆里
延伸出来的岛屿

越过那披肩的长发
我看见一副陌生的面孔
他胸前的那片密林里
藏匿着一双褐色的眼睛

02-05，萨尔茨堡

城堡下的街道

那么多妇女行走着

她们面容端庄，身体犹在水下

恰似流动着的珊瑚

头发由暗转绿

她们被邀请来到这里

脸上贴满奇异的邮票

一只只彩球被均匀地劈成两半

安放在丰腴的屁股上

而城堡里的王子

早已经乘飞机出游

最后她们全聚集在咖啡馆里

一个个面面相觑

02—05，瓦杜兹

巴尔干

当火车出其不意地

钻出一个隧道

我们进入到一片旷野之中

男孩在树影里伫立

一间农舍筑在

山坡与平地的接壤处

每个人都是自己的奴隶

他们反对崇拜

有理由这样做

歌唱，佯装高兴或悲伤

当他们独自一人

却总是孤寂难熬

默然无语

犹如树枝摇曳以后

复归宁静

无数干燥、漫长的夜晚

铁轨期盼着星星

发出青蛙一样的鸣叫

岩层下面开着花朵

期盼被火苗无意中

突然点燃

人们不会失散太久

在相互杀戮以后

又返回了自己的村庄

我醒来，在一片紫光中

借一支绿色的箭矢

进入巴尔干

02-05，萨格勒布－萨拉热窝

还 乡

她在屏幕上移动指尖
从多伦多到温哥华
听众的思绪一下子
飞行了三千多公里

少女们瞪大了眼睛
成年男子嚼着口香糖
唯有我仍漫不经心
呷一口马里博尔啤酒

这儿是卢布尔雅那
一座小巧可人的城市
犹如亚得里亚海彼岸
游客散尽的威尼斯

当她取下最后一张幻灯片
掌声和音乐同时响起
我的头脑里突然闪现出
一个古老的单词：还乡

02-05，卢布尔雅那

乌克兰美人
——给斯蒂文

那无比鲜艳的拽地长裙

玫瑰花的图案任你的

目光随意停留或践踏

发出松鼠一样的声音

从那双修长的大腿下面

延伸出一双雪白的赤足

宛如月光下的两片树叶

在森林和房屋之间飘荡

手腕上那块精雕的玉镯

巧妙地掩饰了一处伤痕

唤醒记忆里一朵沉睡的花

和一株近乎疯狂的白杨树

她带着天使般的微笑

穿行在无线电波中间

越过第聂伯河和莱茵河

来到了洛林王朝的故都

02-05，南锡

米哈伊奇诺娃大街

黑色大理石铺就的商业街

观光的游人远多于顾客

纹身的少女露出半个臀部

掩饰了长辈们的重重心事

国土已丧失了五分之四

街的这头连着城堡和要塞

萨娃河在那里注入多瑙河

情侣们漫步在密林深处

战争已结束，人们脸上初现春光

小偷和强盗尚未恢复营业

街的那头是共和国广场

时钟在跳跃，温度计在上升

可口可乐广告牌居高临下

昨天他们还派来轰炸机

今天已是相亲相爱的盟友

02-05，贝尔格莱德

多瑙河畔

在布达佩斯的多瑙河畔
有一座弗洛斯马塔广场
裴多菲当年曾在此陷入沉思
为他可怜的新娘大发诗兴

一个蹒跚学步的小男孩
踩着石板地，追逐着鸽子
跌倒又爬起，嘴里喃喃自语
推婴儿车的母亲在远处站立

初夏的阳光把游人赶到树荫下
男孩像一片落叶，忽然飘零到
一个老妇人跟前，她坐在轮椅上
肌肉松弛，手臂比小腿粗壮

她眯缝着眼睛，仔细盯着男孩
把他抱起来，放在膝盖上
他哭了，并非因为畏惧死神
而是因为，他失去了自由

02－05，布达佩斯

杜拉斯的婚礼

一场午时开始的婚礼
占领了海滨饭店的里里外外
我坐在水边的回廊上
观看巴里的游船缓缓进港

随着风笛和小号的鸣响
白衣新娘在父亲牵引下现身
全体起立，包括戏水的跛鸭
人们举着纸币，尽情跳舞

年轻的拜伦也曾来此
把脑袋探进这扇窗户
白色的饰带包裹着头发
紫红的长袍闪闪发光

而当音乐稍歇，耳边传来的
不仅有话语和刀叉的声响
还有大海那永恒的旋律
开往布林的西的客船起航了

02-07，都拉斯－地拉那

阳台上的早餐

我在阿克塞尔旅店阳台上
啜饮一杯加奶的芒果汁
窗外正下着淅沥的小雨
侍者送上一张英文纸条

左上角写着我的房间号码
"你被邀请到波茨坦广场
朗诵一段《开罗是一座小城市》
一位演员将朗诵德语译文"

一个美丽的误会。我去过埃及
可却从来不曾写过小说
这份请柬曾在接待室里孤单地
躺了一夜，直到早餐时分

在一片切开的猕猴桃肉中央
有一长条光滑结实的白线
像一艘随时准备出发的独木舟
而此时柏林的天空也已放晴

04—09，东柏林

口 岸

长长的车队延伸到远方
司机们早已经习以为常
乘客的焦虑却各不相同
他们有的将原路返回

假如疆土没有了边界
就等于岁月没有了年轮
终有一天我们也会消失
在一本拆散的笔记簿里

02-06，立陶宛—波兰

奈良的西山

她不会唱《君子代》
她的老师从不教这支歌
也不在校园里升太阳旗

她带着一棵树旅行
十九片叶子的幼树
只有她的膝盖那么高

她带着它乘坐欧洲之星
从罗马到萨尔茨堡
从慕尼黑到布拉格

在哈维尔河畔的波茨坦
树的两片叶子掉落了
恰似肺的两个组成部分

她把它们拾起，埋入

泥土之中，让它们

在根部腐烂，长出新叶

她带着这棵树旅行

绿叶吸收了二氧化碳

也吸引了众人的目光

　　　　　　　02-06，波茨坦

诗　意

一首诗尚未完成

又开始写作另一首，如同

对一件事物的兴趣

被适时转移、调整

在裙裾的逗号后面

紧跟着一个暧昧的名词

仿佛奥菲莉娅的忧伤

在施普雷河上黯然飘逝

04-09，东柏林

弗兰佐蒂咖啡馆 [①]

一切都静悄悄的
酒杯和刀叉的声响
紫罗兰的花瓣坠落

奔驰汽车的尾灯
快速地照亮并扫过
窗外寂静的马路

他依偎在她身旁
以往生命的欢乐
又一次浮现在眼前
超越了东西方的界限

一种行将消失的
恐惧突然袭来
仿佛一道已经拆除
尔后又重建的围墙

04-09，东柏林

[①]　Franzotti，柏林文学节指定的意式咖啡馆。

晚　年

胡椒粉是食盐的伴侣
就如同橄榄油是醋的伴侣
牛奶和糖是咖啡的伴侣

只有牙签被装在锡筒里
孤单地，在木质餐桌上
面对一个个熟悉的陌生人

他的晚年过上了安逸的生活
从不带雨具或手套出门
永远选择寒风和烈日的间歇

他同样满足于记忆的衰退
不为儿女的离去而愤恨
也不为自己的健忘而羞愧

他期待着一个晴朗的日子
切割桃子的刀和手同时放下
被一个亲切的声音召唤而去

04-09，东柏林

CCCP [①]

这家酒吧有一扇厚厚的铁门
靠近一个无名的地铁车站
电铃响过，看门人伸出脑袋
用手语告知：入场请付三欧元

几十平米的一个封闭房间里
早已聚集了各色各样的男女
他们用俄语低声说话交流
观看银幕上放映的旧电影

相拥着跳舞不是他们的所爱
那么快地接受命运的安排
也不是他们的所爱，谁知道
他们所爱和所恨的又是什么呢？

———————————

① CCCP 是前苏联的俄语简称，也是东柏林一家酒吧的
名字。

从来没有完美的事物，就像落在

这座城市上方的雪花和阳光

它们也许是上帝赐予的礼物

让你永远欢喜又永远接收不到

04－09，东柏林

悬　崖

在一处小小的悬崖边

我看见一个青年，他前面有

一张折叠椅，地上还有一台

袖珍的熊猫牌收音机

他用手势邀请我坐下

然后开始朗诵一段独白

我从行囊里取出一个笔记本

和一支黑墨水钢笔

合唱队的歌声仍在天空回荡

马匹的嘶鸣已渐渐远去

04-09，里皮察

乡村朗诵会

终于，听众像流水一样

漫过田埂和秧苗

挤进村头的小教堂

甬道宽敞可铺眠床

想象一对新人踏上红毯

两个幼童拎起白纱裙

胡须与领带相互辉映

掌声四处响起，飞出窗户

协助老村长把烤炉点燃

人们在户外长桌边就坐

一桶陈年葡萄酒开启

美好的时光总是稍嫌不足

04—09，里皮察

城　堡

城堡匍匐在山巅
俯瞰着卢布尔雅那
像一顶花冠，处处
散发出芳香的气味

隔壁教堂的钟声
足足响彻了五分钟
空气变得更为清新
为缪斯扫清了道路

直到全城的灯点亮
犹如漂浮的星海
照亮了孤寂的心灵
月亮一样冉冉升起

04-09，卢布尔雅那

香　吻

任何事物的开始总是丑陋的
礼貌和客套多于内心的诚实
比如一场赢利的商业演出
比如一次漫长旅行的出发

咖啡馆里彬彬有礼的交谈
好似一首诗的构思和腹稿
来不及修润便已经公之于众
尚未存放或删除便已经遗忘

在迷惘的日子里我会走到河边
在痛苦的夜晚我会想见山羊
美妙的瞬间总在最后一刻来临
记忆宛如一个香吻永留唇边

04-09，卢布尔雅那－伊斯坦布尔

奥赫利湖畔（组诗）

1. 城里的人

城里的人在狂欢

下一刻他们会鸟散

像一餐饕餮之宴以后

食客们会各自离去

一枚炸弹的下场

最终也会如此

当它自天空

毫不犹豫地坠落

城里的人在狂欢

他们被酒精疯狂的魅力

逼向头脑的悬崖

如同一艘失去动力的帆船

被风暴推上了浪尖

最终会化成一道虚光

2. 科索沃

昨夜，当月亮爬上山岗

我们在内雷济修道院

进餐，俯瞰山谷里的星星

湍急的瓦尔达尔河蜿蜒穿过

越过北面那座矮小葱郁的山峰

那些明媚的春天已成为往昔

3. 特里莎的生日

临近子夜，我们步行着穿过

建筑工地和正在翻修的道路

远处可见假日酒店的霓虹灯

走过瓦尔达尔河上的石桥

夜晚的凉意被河水迅速带走

年轻人在桥头歌唱饮酒作乐

我们来到一处步行街入口

广告牌上的雪茄烟早已熄灭

可口可乐瓶四处打翻在地

借助幽暗的灯光我突然发现

街心花园中央躺卧着一位少女

她瘦小赤裸的双脚蜷曲着

而她旁边的一块碑文上刻着

一九一零年八月二十六日

特里莎嬷嬷降生于此地

4. 幸福

我去过许多陌生的国度

见识过各种各样的山川河流

也结识了形形色色的人儿

他们说着不同的语言

有着不同的信仰和习俗

甚至叹息时的神韵也各不相同

而此刻，我飞越万水千山

来到这座不知名的谷地

正坐在旅店的屋顶平台上

啜饮一杯冰镇的黑啤酒

当我看见一行大雁飞过蓝天

忽然有了一丝甜蜜的感觉

仿佛自己刚刚实施了

一项蓄谋已久的计划

5. 斯科普里的早晨

昨夜，以往世纪里

所有的星辰

全聚集在这座山谷

黎明时分，我看见

云彩像一支军队

把守着天空

我无法预测

白天将要发生的事情

我甚至数不清

自己走过的城市和省份

6. 奥赫利湖

对一个内陆小国来说
湖水的意味深长

人们从遥远的地方赶来
用不同的语言吟诵

西里尔字母投射在银幕上
仿佛中世纪的芳草和芍药

等到风起，湖就是海
水波的形状恰似松树的叶片

几杯带渣滓的苦艾酒
无法消除种族之间的仇恨

而在超载的石桥的阴影里
藏匿着无数恶毒的诅咒

7. 湖水

湖水的颜色变幻无穷

比江河和海洋更为迅疾

岸边的风景和游人环绕着它

还有水底的岩石和泥浆

一艘白色的帆船驶过湖面

像一只风筝飘过天穹

或只是镜中的一个眼神

——对死亡的一丁点企盼

04—08，斯科普里

里皮察的一个下午

1

当我老了，回想走过的路
那些斜坡，毛茸茸的下巴
奥赫利湖上的汽艇甲板
还有煎蛋，犹如死海的日落
感到生命在不断消融
仿佛大阿勒山上的积雪

2

叮当作响的韦加斯卡西诺
犹如一只拦路虎，匍匐在山下
佛罗伦萨的少年骑着摩托
他稚嫩的眼神里有一丝恐慌
一支老年人的队列像羊群
被死亡的魔力外驱赶

3

如果要我讲讲旅途的趣闻

首先我想到的是金枪鱼

还有它的伙伴易卜拉欣

那个初秋夜晚湖滨的小剧场

西比拉的鼻梁冻得发紫

当众套上透明的连裤丝袜

4

是谁唱响了祈祷歌

在玛丽·孟太古的酣梦中

当月亮和星星交媾之时

出人意料的蓝色清真寺

为马尔马拉海上的水手

指明了航向和归宿

5

又一次，我想起了巴库海边

一座座油井抽干了液体

荒芜的山头建起了公寓

耳边回响着难懂的突厥语
我喜欢黄昏时分的桉树叶
和山谷里淡蓝色的空气

6

切斯夫瓦·米沃什来过此地
他在这片林子里散步，观看
白色优雅的里皮察马走过
在旧金山湾我们曾擦肩而过
可就在我出发前的晚餐时分
他离开了，像一只跨海的蝴蝶

7

无论我走到那里，都会有
蓝色的天空做伴，都会有
蔬菜色拉和意大利空心面
电子邮件也会跟踪而至
像一只红眼雀溜进厨房
把尾巴藏在透明的醋瓶后面

8

缪斯女神开始频繁光顾
没日没夜地找寻她的情人
从爱琴海到贝加尔湖
从孟加拉湾到约旦河
像一只狐狸飘动的心
像一支低声倾诉的长笛

9

危险的事物处处存在
从北奥塞梯的小学校
到耶路撒冷的公共汽车
一只秋千荡到了云上
在睡梦里我遍访外高加索
并到达了约瑟夫的故乡

10

秋天一如既往在风中窥视
穿着漆树叶和纸玫瑰的衣裳
再戴上莫扎特扑粉的假发

一辆载送饲料的拖拉机

搅乱了眼前的场景和思绪

预示着一个飞行季节的结束

04-09，里皮察，斯诺文尼亚

第五辑　缪斯的袭击

2016，圣彼得堡。

旅 行

当裙裾像马匹一样跃上蓝天

鞋跟轻捷犹如一双蹄子

围巾穿透云层

缠住大雁的颈项

远方的山峦起伏不定

风一般地涌动着

惟有一棵树呆呆地伫立

任凭一列火车朝它驶去

啊！谁的歌喉如此动听

她使云雀禁声，潜入鱼的世界

　　　　02-05，南锡－斯特拉斯堡

莱 茵

在铁道线的一侧

河流突然出现

在矮树丛中

像一只细长苗条的花猫

玻璃一样的天空

无法映照

它温湿清澈的面孔

活灵活现

远处，帕斯卡尔的小屋

勾勒出另一种线条之美

连同他那蓬乱的头发

悄然退去

02-05，斯特拉斯堡 - 巴塞尔

Louis Vuitton

十二个字母依次出场

手牵着手，逆时针沿着

一顶金冠的内侧，犹如

一群活泼可爱的冰上明星

L 是一把玉质的梳子

穿透黝黑湿润的头发

O 是一架单筒望远镜

瞄准曼哈顿的摩天大楼

U 是一座倒置的凯旋门

I 边上停着一辆白色跑车

S 是一把新颖的枷锁

日夜守护着埃菲尔铁塔

V 是一只打开的男士皮夹

U 是一只女士拎包的提手

I：一支带孔的蓝色金笔

TT：两瓶未开启的香水

O：又一架单筒望远镜

最后出场亮相的是 N

那是个穿超短裙的少女

她的屁股翘到了蓝天上

02-05，南锡

酒 窖

这些法兰西人
他们很早就学会了
如何在山坡上建筑

房屋与房屋分离
高低错落有致
却在地下相连

那些突尼斯人
曾经征服过这片土地
如今成了被征服者

他们来到异国求学
在那片宽阔的大海下面
酒窖与酒窖可是相连？

02-06，里摩日 - 图卢兹

卢森堡

月亮升起、跌落

在峡谷的上方

仿佛少女脸上

晶莹的泪珠

教堂的尖顶

试着触摸天庭

几截颓败的城墙

被游客的目光压迫

这座城市层次分明

满街都是宝马汽车

奔驰在往昔

法兰克的河床上

在路易·维登专卖店

年轻的门卫又一次

彬彬有礼地把顾客

挡在了寒风中

02-04，卢森堡

语言的魔力

每时每刻，任何事物
均在语言的掌控之中
面包、空气和食盐
灰狐、渡鸟和企鹅

语言的魔力无所不及
它穿越山脉和河流
命名了出生和死亡
无论白昼还是黑夜

语言触摸你的头发
沿着颈项和脊背
当海浪啄食着陆地
露出白色的肚脐

语言进入你的梦乡
像一个高明的窃贼
不带走任何东西
却让你若有所失

02-04，南锡

安妮·欧普莱

清澈的眸子镶嵌在留海下
那里隐藏着炽热的玫瑰
丰润的皮肤隐现细小的须毛
在愤怒时泛起一片红晕

吉约姆对你一见钟情
两次渡过了英吉利海峡
安妮，你为何要离他远去
从此与我们音讯隔绝

让他在米拉波桥上心碎
在西班牙染上了伤寒
也让我们在东方扼腕叹息

即便相隔一个世纪以后
记忆是一只猎角它的声响
依然在我的耳边回荡

02-06，巴黎

芭碧娃娃

仿佛走在童年的街头
或游戏过的公园里
这些金发碧眼的女郎
曾经被我揽在怀中

她们的美梦像蝴蝶
时常飘进我的梦中
如今我已长大成人
她们再也认不出我了

我们相互打着招呼
我闻到了含羞草的香气
在塞纳河畔的长椅上
她们的秀发像垂柳

我目送一个黄昏的离去
步入一家超级商场
是谁害怕记忆的逝去
将她们一个个制成标本？

02-07，巴黎

诺曼底海滨

黄昏的诺曼底海滨

一支支波浪

从容地返回

堤岸

像落伍的马拉松选手

不急不慢

迈向虚设的

终点

无论船只、飞鸟

还是铺天盖地的晚霞

都无法阻挡它们的

脚步

我记忆中的童年

一个悠远的梦

飘忽在英吉利海峡

上方

02-07，奥斯坦德

缪斯的袭击（七首）

1. 尖 叫

那一声声刺耳的尖叫
此消彼长，或许是从
邻近的草地上飘来

挟带着软泥的芳香
仿佛一只只花格皮球
滚到湖边又被人抛回

午休的男女生一边嬉戏
一边撒野，用不同的音调
发出几乎一样的喊叫

我们可以用它们制作
茶壶、花瓶或酒坛子
以便储存记忆并享用

2. 圆形路灯

仿佛一颗火柴杆的头
伫立在湿润的草地上
在两座建筑物之间
被树木和小径环绕

阿拉伯人从旁边走过
手里拎着土耳其三明治
花枝招展的塞内加尔人
勾引着尊边府来的姑娘

而雌火鸡炖肉的香味
从窗户里漂溢出来
就像徐徐降临的暮色
带来一丝警觉的信号

万物的距离在缩短
整个法兰西匍匐下来
犹如拉伯雷的巨人
顷刻之间戴上一顶皇冠

3. 缪斯的袭击

当缪斯挥动她的长鞭
驱使韵律的车轮向前
到我心灵藏匿的地方
整个世界开始漂浮起来

鱼儿爬上了白杨的树梢
少年在屋檐上疾步行走
教堂的钟声在水底敲响
牧师的布道像青蛙鸣叫

我也策动一次突然袭击
穿过广袤的戈壁和雪山
犹如成吉思汗的一支军队
直插莱茵河的西线腹地

4. 酒　香

这是一个葡萄酒的国度
波尔多人指点我开瓶的妙方
他用筷子的尾部向下使力
木塞便徐徐滑落到瓶底

随即又漂浮上来，宛如
一位赤裸的美人偃卧
一股粉色的液体喷涌而出
溅湿了我的脸颊和头发

那闲置的脚丫美艳无比
我一边瞧着一边遐想
"你会从这瓶子里识辨出
水果的异香和温馨。"他说

5. 雌火鸡的炊肉

自从塞维留斯发明了解剖学
西方人对动物学颇有研究
他们用数十个单词来分割牛
并在超级市场上标价出售

我每个星期天轮流吃它们
还有野兔头、猪的前胸
以及雌火鸡的炊肉，用它们
炖黄豆、香菇或胡萝卜

再放上些盐、花椒和茴香

绍兴加饭酒是中国店买来的

当然少不了白糖和音乐

用它们搀杂婆娑的树影

这些是美好生活的象征

除了诗歌——她就像骨头一样

坚硬、干瘪，毫无用处

其他的全被我消化了

6. 天　空

这顶宽松无沿的帽子

戴在我的头顶上

色彩变幻无常

有时觉得它过于亲近

我满世界奔跑

却总是在它眼皮底下

我仰躺在草地上

它侧过身，遮住我的脸庞

当我颤抖，它用

温暖的紫光抚慰我

我出汗，意味着

它下雨，或砸冰雹

把它摘下来

地上已经灯火阑珊

我看见它的身体

布满了累累的伤痕

7. 建筑师的园艺

这座建筑物依偎在山坡上

与近旁圆形的松柏、

挺拔的白杨和矮壮的灌木丛

搭配得错落有致

野花在草地上铺展开

像天上的星星一样疏密相间

蜜蜂和松鼠穿插其中

并不畏惧小狗的尾巴

窄墙从屋檐上垂挂下来

将人们的视线相互分隔

宛如一出木偶戏中的不同角色

被训练有素的演员牵引

而花园里的交叉小径
刚好拉近了另一座建筑物的距离
它们既相互吸引
又拥有自己的领地

              02 年春天，南锡

雅克·希拉克

雅克演说时像是在歌唱

他懂得如何取悦民众

尤其讨女士们喜欢

不放过任何表演的机会

即使到了远东

也对出土文物赞不绝口

在里维埃拉的海滨别墅

他光着身子走到阳台上

被狗仔队逮个正着

雅克精通贺拉斯的技艺

在适当时候装疯卖傻

让老对手又一次出局

02-05，南锡

船　歌

今夜月光从我的指缝间滑落
那么多面孔浮荡在剑河两岸
歌声轻拂垂柳，穿越特立尼达桥孔
顺流而下，飘进达尔文的花园

在遥远的东方，一位女子正酣睡
她一次次地被古怪的脚步追赶
她能听见这美妙的天籁之声吗
她是否披垂秀发、解开胸衣？

这条流淌了九个多世纪的河流
日日夜夜穿越英格兰的南方
把大麦和燕麦的土地浇灌
也把战士布鲁克的果园浇灌

08-06，剑桥

硬 币

探访者在荒芜的草地上
践踏出来的两支小路
好似教堂塔尖的倒影

一支通向维特根斯坦
他的墓碑上撒满了硬币
发行许多个国家的硬币

我蹲下，像一个牧师
翻看每一枚碑币的国籍
也顺手放下了一枚硬币

那些被挪动过的留下印痕
时间的雨水冲刷着它们
没有鲜花，青草对此保持缄默

08-06，剑桥

默兹河

足足九个半小时
游船沿着默兹河
逆流而上或顺流而下
经过一个又一个水闸

五十六公里的两岸风光
雨水和阳光轮番洒落
诗人们陆续登台亮相
朗诵了一首又一首诗歌

当最后一阵掌声消失
隐约传来引擎的声音
我屏声敛息，听见了
河流一次又一次的心跳

08-06，那慕尔－迪南特

舒　曼

当早晨的阳光晃晃悠悠
投放在绿色的大地上

犹如纤小的桑布尔河
汇入同样纤小的默兹河

你出现在我的前方
一座双语城市的小车站

衣冠整齐的乘客们
消失在大街匆匆的人流中

08-06，那慕尔－布鲁塞尔

莱姆车站

当天空明亮的云彩
被挤压到博物馆的上方
以一条垂直的粗线镶边

莱姆火车站的大门仍然紧闭
几个曼彻斯特来的年轻人
疲倦而歪斜地靠在台阶上

昨夜他们的耳朵灌进了
太多尖利刺耳的音符
犹似苏格兰威士忌的魔力

狂欢节游行的队伍已经解散
恍如天使般的绿衣姑娘
一个个被他们带回了故乡

08-08，利物浦

英吉利海峡

1. 隧　道

火车走了一半，才想起护照
遗忘在夹克口袋，而夹克
留在办公室门边的墙壁上

我给苏打电话，五号分机接通
话说了一半，火车进了隧道
再接五号分机，说完了另一半

又过了两个隧道，依然是
午餐时间，一望无际的原野
尼达姆研究所里别无他人

接着一个隧道，五号分机占线
原野被屋舍取代，终于过完了
隧道，国王十字车站到了

"我无法开口，站在月台上，
请求一个陌生的乘客"
苏打回来电话解释说

嗓音依旧甜美，她在电话线那头
如同站在隧道的另一头
我们中间有一段小小的黑暗

那趟穿越海峡的特快列车
被迫等候了两个半小时
我返回剑桥，重新计数隧道

2.欧洲之星

当暮色降临海峡
这条银色的线段
像闪烁在演唱会上
任意一根荧火棒

急速地穿行于
两片陆地之间
好似两片薄唇中
微微露出的舌尖

在古老的尼罗河畔
欧几里得曾经测量
这条线段的长度
在他构想的几何体内

在茫茫的海底世界
它没有一丝宽度
那等候在时间尽头的
又会是哪个年代呢?

3. 天籁之声

他把办公室搬到了水下
昨儿晚上他还悬浮在
空中

小桌板上堆满了文件
一只手灵巧地敲打着
键盘

鲨鱼的尾鳍滑过头顶
犹如鹰的翅膀在脚下
盘旋

温暖的光，轻柔的鸣响
仿佛驶向极乐世界的
尽头

4. 世　界

绿树、庄稼、屋舍、篱笆
连同蓝天、白云和阳光
构成一个完整的世界
它们是同一家族的成员

有的坚守在故土
有的遨游于远方
有的即将枯萎死去
有的仍在茁壮成长

唯有鸟儿间或飞临其中
稍后又迅疾离去
如同教堂里的钟声
响过几下后更显寂寥

5. 阅　读

笔记本电脑打开在
过道对面的小桌板上

屏幕上的蓝色背景
与窗外的天空一致

而散落在原野的屋舍
恰如键盘上的字母

我打开一部红皮诗集
黑色的方块字排着队

向我示好，一行行
一列列后退并逝去

连同远山的树木
缓慢地翻过了一页

6. 土耳其人

《卫报》被垫在笔记本电脑下

还有《每日电讯》和《先驱论坛》

重复的阅读促使我在海底深处

回放昨晚见到的那一幕

土耳其球迷纷纷摁响喇叭

快速地开过那慕尔的大街小巷

月亮的旗帜从车窗里飘出

他们的英雄被印在体育版上

那些没有旗帜的汽车

也前呼后拥地跟着摁喇叭

连同此刻昏昏欲睡的旅客

一起穿越了英吉利海峡

7. 让　车

电线和白云原本是

毫不相干的两件事物

但在伦敦郊外的

这座无名小山峁里

它们却相互依偎在一起

我们刚从黑暗深处来

既不见一间房屋

也不见一片树林

甚至不见一只飞鸟

唯看见它们亲昵的姿态

初夏的阳光洒落在枕木上

一种近乎可怕的寂静

笼罩着英格兰大地

可以嗅到一股强大的气流

正一步步逼近我们

08-06，剑桥－伦敦－里尔－布鲁塞尔

早 餐

这是上帝和子民
交谈的时辰

也是咖啡和牛奶
相溶的时辰

是飞鸟和蓝天
嬉戏的时辰

也是思想和语词
磨砺的时辰

07－07，科克

康沃尔半岛

在爱尔兰与不列颠岛之间
有一条弯弯的水道
最南端的叫凯尔特海

海的东边是康沃尔半岛
十七世纪的哲学家霍布斯
在那里度过了漫长的一生

他终生未娶，寄居友人家中
确信人人向往的每一事物
都供不应求，比如权力

他还认定一切推理皆计算
这促使德国人莱布尼兹
发明了乘法机和微积分

昨日，趁一场大雨的间歇
我飞过了康沃尔半岛
来到了爱尔兰的南方

07–07，科克

信

在爱尔兰的南方
有一条湍急的河流
注入幽蓝的凯尔特海
它的名字叫李河

在李河的出海口附近
有一座叫大岛的岛
和一座叫小岛的岛
岛上有桥与陆地相连

沿李河逆流向西
汇聚了两条支流
它们围成一座更小的岛
我暂且不提它的名字

古老的中世纪的科克城
就坐落在这座小岛上
此刻我的目光所及
也是在这座小岛上

07-07，科克

自　由

她是轻盈的

犹如一个精灵

在万米高空

或海底深处

她是灵动的

抚摩我的脸颊

恰似一叶扁舟

荡漾在湖上

她也会疲惫

当唯一的行囊

被黑色的传输带

送走、消失

茫然不知

下一个目的地

恍如进入

时间无尽的隧道

07–09，戈尔韦

泰坦尼克号

一个世纪过去了
到这里来的游客
仍未忘怀她和她
曾经制造的灾难

即便声名远扬的
爱尔兰共和军与其
精心策划的新闻
也难以与之媲美

姿态各异的桥梁
跨越了拉干河两岸
预示着在你梦中
她也无法返航了

可人们依然向往并喜欢
哼唱电影的主题曲
依然喜欢在河边眺望
那深不可测的大海

07-07，贝尔法斯特

在我乌黑发亮的记忆里

在我乌黑发亮的记忆里

你的眼睛是蓝色的

一头披散的金发下面

是乏味空洞的生活

你来自南卡罗莱纳

因为缪斯女神的召唤

挣脱了无形的阻力

渡过波涛汹涌的大海

春风轻佻的许诺

仿佛适才绽放的花朵

未积一丝尘土、微言

或蜜蜂残留的唇印

在我乌黑发亮的记忆里

你是山腰上的湖泊

倒映出雪峰的英姿

有一颗从未扭曲的心灵

07-07，都柏林

遮　掩

树丫遮掩了村舍

乌云遮掩了蓝天

土耳其人的玩笑

遮掩了我心灵的空寂

牛羊在冬日的草地上

清点昨日星辰的足迹

草垛散落在远方

像大地母亲解开的纽扣

08-11，斯特拉斯堡－巴黎

巴黎，1995

1

盛夏，从尼斯开往巴黎的特快列车
密特朗小姐出现在《竞赛》杂志封面上

今天早晨早餐之前我去了一趟意大利
一位穿制服的警察错把我当成日本人

一阵骤雨从天而降，只听见声音，却不见雨珠
里昂和第戎一左一右从两旁闪过

巴黎，在我度过了如梦的年华以后
你转过谜一般的身躯出现在我面前

2

夜的芳香侵袭了巴黎

巧合像塞纳河上的桥梁一样多

有人从外省度假返回
有人从荷兰驱车路过

来自南太平洋岛国的棕发女郎
说着一口道地的中国话

巴黎，我们尚未正式谋面
我该从何处开始游览你呢

3

清晨，城市笼罩在一片白雾中
十全十美的一个海洋

香榭里舍大街上的车流
阻断了来自大西洋的鱼群

犹如一道潜伏已久的暗潮
不时掀起喧天的巨浪

而在这一切之上

埃菲尔铁塔像荷尖露出水面

4

电梯与肚肠一样缠绕的楼房前
漫步着各种肤色的游客

来自阿尔卑斯山区的雕塑家
割下了巴黎摩登女子的头颅

诱引了一位波希米亚少年
扭着屁股跳起了节奏强烈的舞蹈

他宁愿是蓬皮杜广场上的一块砖头
也不愿做凡尔赛宫的一根廊柱

5

蒙马尔特公墓，伟人们在此长眠
泥土是死者交谈的语言

知了一声声地歌唱着
风信子的落叶陪伴着他们

昔日唇枪舌战的仇敌
如今成为和睦的邻居

谁在那里祈祷，手捧一束鲜花
茶花女和负心郎终成眷属

6

巴黎，又一个明媚的早晨来临
成群的鸽子在街心公园里觅食

推婴儿车的母亲哼着小曲
长椅上一位老人在看《费加罗报》

文具店和洗衣店彼此相邻
而街对面一家美甲铺里顾客稀落

没有人说英语，查尔斯·波德莱尔
人人都知道这条街的名字

7

一个远道而来的旅行者

独自走在巴黎的大街小巷里

他背上扛着空空的行囊
肩负着一项神圣的使命

没有人知道他的来历
没有人了解他秘密的心

而他洞察了季节的轮换以后
步出了卢浮尔宫的玻璃门

8

卢森堡公园，绿色整洁的长椅上
一对异国情侣已经沉睡多年

脸庞消瘦的艺术家莫迪利阿尼
遇见了丰满圆润的阿赫玛托娃

他为她默诵通灵者的诗句
她向他的胴体抛撒玫瑰

两只乳房坦露在阳光下

一朵水莲花在湖上开放

9

岛屿，苍茫大地上的一束亮光
法兰西文明的发祥地

维克多·雨果敲响的钟声
依旧在圣母院的上空回荡

人们在路旁摆摊画像
还有的在水边引吭高歌

数万名游人在这里聚集
等候一颗从太空飞来的行星

10

巴黎，又一个迷人的夜晚来临
圣米歇尔广场上泉水叮咚响

昏黄的灯光映照着小巷的墙壁
露天酒吧里高朋满座

流传了数个世纪的习俗

丝毫不受一次地铁爆炸的影响

巴黎，天上的星星悄然隐去

把光芒藏在你的秀发间

95－07、08，地中海－巴黎

巴黎，2007

1.抵　达

飞机穿越浮云和气流
以及无边无际的黑暗

像一束琴弦，奏响了
一支悲壮激越的进行曲

临近子夜的一次飞行
终止于破晓时分的巴黎

好似疼痛无比的分娩
所有的甜蜜尽在其中

2.心　愿

用一个粗砺的词

破坏一首诗的优美

用一块尖利的石头
搅乱一座山谷的宁静

用一次脚踝的移动
改变欧亚大陆的平衡

用一记无奈的眼神
挽留昨夜的美梦

3. 回　忆

临近北极圈的西伯利亚
霞光映照着机翼右侧
乘客们仍沉湎于幻想

宛如一座即将融化的冰川
享受着最后时刻的宁静
河流自南向北流淌

无垠的沉睡的土地
像肺吐出的气体一样真

像包裹麦穗的雪一样纯

4.门

世界有两扇门
一扇为你敞开
另一扇已经合拢

我只能站在门外
想像您的面容
您的呼吸和嗓音
是否变得匀称了
您的心灵和梦
是否已获得宁静

如果您睁开双眼
您将会看见绿色
看见我来到巴黎
从前我曾在这里
在一座电话亭里
听到您爽朗的笑声

5. 遮　蔽

我们曾躺在春雨里
在溪流绕过的树林里
倾听伐木工人的号子

你一骨碌爬了起来
隔着一层暗淡的迷雾
至今依然惊魂未定

我无法用言语来劝慰
只好用眼睛的黑色
遮蔽你身体的羞怯

6. 老妇人

一位头发灰白的老妇人
镜片里折射出几分忧愁

她的左手拿着一份时尚画报
封面是一个比基尼女郎

她的皱纹形成一张精致的网

惟有鼻梁的鱼头可以刺破

眉头紧蹙，犹如死亡之谷的裂痕
她翻页，浓郁的香水扑面而来

7.日 历

日历又翻开新的一页
仿佛一位杂技演员
在纸上旋转、倒立

呼啸而去的时光
难以返回到从前
那梦中的一撮沃土

8.花儿和果实

一朵红艳艳的花儿
好似一个流言
会坠落、消失
但它曾经美丽过

泥土里生长的果实

吸纳了黑暗、污浊

以及各种腐朽的物质

但它依然鲜嫩无比

9. 航空港

一场大雨把窗玻璃淋湿

犹如一片垂立的大海

我看见机翼鱼鳍一样

隐没在碧波荡漾的水中

我将要去的那座岛屿

也隐没在了大西洋中

好似一位久未谋面的故人

坐立不安地祈望着东方

10. 爱尔兰

当我说出这个名字

犹如风笛的声音传开

夏天瞬间变得凉爽起来

越过英吉利海峡以及

凯尔特人的水域

天空将会无比湛蓝

还有一条催眠的小径

歌喉一样美妙动人

迎接幸福时刻的来临

07－07，巴黎

后　记

　　2014年夏天，拙作《美好的午餐》由长江文艺出版社出版，这是我在10年代出版的第一本中文诗集。翌年秋天，此书得以重印。101首诗歌全部作于美洲大陆，从加拿大到阿根廷，以美国和哥伦比亚写的居多。我在后记里特别提到，希望有机会出齐五卷"域外诗丛"，本书即是第二本。

　　虽说在亚洲之外，欧洲并非我逗留时间最久的大陆，但自从1995年第一次造访西班牙和巴黎以来，过去的22年里（这也是本诗集的写作跨度），平均每年我至少有一次机会欧游。最长的三次分别是访问剑桥大学、马德里大学和法国的南锡大学（现洛林大学），各三个月，德国的哥廷根大学和荷兰的乌特勒支我也曾各访学一个月。

　　除了数学访问和学术会议，我还曾十多次赴欧洲参加诗歌节和文学节，加上顺道的短途旅行，足迹遍及了冰岛以外的每个欧洲国家。2011年底，我出版了《欧洲人文地图》，至今已三次印刷。此外，还出版了《英国，没有老虎的国家》和《德国，来历不明的才智》。现在，我终于有机会出版一本欧洲诗集了。

　　本书第一辑"树木与狗"收录的是北部欧洲所写的诗作，包括北欧四国、荷兰、德国和俄罗斯。第二辑"罗马古道"收录的是南欧所写的诗作，包括西班牙、葡萄牙、意大利、希腊和马耳他。第四辑"多瑙河畔"收录的是东欧和中欧的奥地利、列支敦士登所写的诗作。第五辑"缪斯的袭击"收录的是西欧所写的诗作，包括法国、英国、爱尔兰、比利时和卢森堡。

第三辑《日内瓦湖》是我作客瑞士法语区拉芬尼三个星期的收获，写作地点除拉芬尼以外，尚有苏黎世、洛桑、日内瓦、伯尔尼、卢塞恩、瓦莱、蒙特勒、沃韦和莫尔日。那是日内瓦湖畔一个美好的夏天，东道主聘请三位厨师轮流下厨，为五位来自不同国度的诗人和作家精心服务。

因此，虽然我在微信朋友圈征求书名意见时，几个分缉的标题均有不同人数的支持者，我仍然选择《日内瓦湖》作为书名，这与她在地理上接近欧洲中心也有关系。在此，我要感谢浙江大学出版社和启真馆。迄今为止，在我的出版物中，浙大社与三联书店、商务印书馆、中信出版社是我合作次数最多也最愉快的。

以往我曾不止一次提及，地理和旅行带来空间感和画面感，现在看来还有"简洁"。记得荷兰全攻全守型足球的代表人物、伟大的克鲁伊夫（1947–2016）说过："足球很简单，但踢简单的足球很难"。作为球员他曾率领阿贾克斯连续三次捧得欧洲冠军杯，作为主教练也曾率领巴塞罗那夺得俱乐部第一个"欧冠"。我相信这句话也适用于诗歌，"诗歌很简洁，但写简洁的诗歌不易"。

蔡天新

2017 年春天，杭州彩云居

图书在版编目（CIP）数据

日内瓦湖 / 蔡天新著 . — 杭州：浙江大学出版社，
2017.6
ISBN 978-7-308-17098-7

I . ①日… II . ①蔡… III . ①诗集—中国—当代
IV . ① I227

中国版本图书馆 CIP 数据核字（2017）第 162628 号

日内瓦湖

蔡天新 著

责任编辑	王志毅	
文字编辑	何啸锋	
装帧设计	罗 洪	
出版发行	浙江大学出版社	
	（杭州天目山路 148 号　邮政编码 310007）	
	（网址：http：// www.zjupress.com）	
排　　版	北京大观世纪文化传媒有限公司	
印　　刷	北京天宇万达印刷有限公司	
开　　本	635mm×965mm　1/16	
印　　张	13	
字　　数	40 千	
版 印 次	2017 年 8 月第 1 版　2017 年 8 月第 1 次印刷	
书　　号	ISBN 978-7-308-17098-7	
定　　价	49.00 元	